그리움의 방정식

박희영 시집

시인의 말

깊이를 알 수 없는 곳으로 빠져들었던 지난 시간들,

벗어나고 싶어 등을 돌리면 어느새 옆에 서 있는 시 한 편.

차라리 시와 함께 살아보자고 사랑이 시작되었다.

사랑하면 할수록 시가 나를 괴롭혔다.

가슴으로 파고드는 한 단어를 되뇌어 보면

단물 빠진 껌 같다가도 씹을수록 단맛이 올라오기도 했다.

이제는 시를 이해 할 수 있겠지 하고 보면

오히려 더 깊어지는 시

시 한 편을 읽고 상기도 시인의 마음에 감응되어

온전히 빠져들지 못하는 어리석은 나를 탓하며

나도 한번 써 보겠다고 용기를 냈다.

2024년

박희영

차 례

제2부

제3부

제4부

제1부

흐린 날의 휘파람

흐린 날에는
휘파람 불어본다

입술을 모아
삐쭉 내밀고
소리를 내면

나는
비로소 걸어가는
새가 된다

과일이나 열매가
아니면 어떠랴

떫은 잎이나 쪼다가
나뭇등걸에
입을 닦으면 어떠랴

말하지 않아도
가슴에 다가설 수 있는

휘파람 한번
제대로 불어 볼 수만 있다면

어머니 같은 강물

내 가슴에 뿌리가 내릴 수 있다면
그대처럼 손을 벌리고 서 있으리라

손바닥에 둥지 트는 새 한 마리 있다면
종일토록 내리는 비에도
서럽다 서럽다 깃을 털지 않으리라

세월이 꽃이 될 수만 있다면
천 년 동안 새순을 보여주련만
나는 지금 어디를 걸어가고 있는가

언제나 발소리를 머리에 이고 가시던
어머니 같은 강물이 되었다고 생각했다

비가 오는 날에도 결코 분노할 줄 모르고
이소하는 밤빛처럼 가는 줄 알았다

한때는 흙으로 빚은 항아리 속에

얼굴을 묻고 숨소리 돌고 돌면 사랑인 줄 알아
조급한 마음으로 대문을 들락거렸던가

툇마루에 앉아 그대의 그림자가
내 등 뒤로 서 있을 때
폭풍에도 강물로 뛰어들지 않는
기다림처럼
온몸에 또 한 겹의 껍질이 생긴다

자세를 낮추지 않는 까닭이 생긴다

오래된 정거장

측백나무 숲을 지날 때까지 바라본다는 것이
눈이 하얗게 쌓일 때까지 돌아서지 못했다
기차가 학성역쯤 지나칠 텐데
전신주 고압선에 눈이 걸쳐 있다
저쪽 상행선 철길에도 내려앉는다

고향 앞 저수지의 물안개 같은 것이
눈앞에 어른거리고
희미한 개찰구와 기다림에 지친
대합실 유리창이 한 발 뒤로 물러서라고
옷깃을 잡아끌던 지난날의 예산역

한번은 오겠지 역무원의 붉은 깃발처럼
한번은 보겠지 지금도 떠나지 않는
고장 난 빈 화물칸처럼
기차가 온다는 소리가 들릴 때마다
가슴에 고드름이 뚝뚝 떨어지던 그 역

쉽게 돌아가지 못했다

이별은 언제나 익숙하지 못한 것

눈이 내리는 예산역에서

용산발 장항행 열차는

오늘도 연착이다

사랑

아픈 것이 손톱 밑에서 시작되었다
부어올랐다가는 아물듯 다시 아픈
몸 어디에 손톱이 자라나고 있는가

무엇이든 놓지 못하던 가려움으로
네 가슴 한가운데 상처를 만들었더니
기어이 손톱 밑이 곪는구나

오늘은 소나기가 온다
젖은 옷으로 길을 걷다가
황톳빛 물길에 앉아 울고 싶다

비 흐른 흙터가 마르기 전에 갈 길을 가자
부러진 손톱을 땅에 묻고
또 아픈 손을 빨아가며 갈 길을 가자

고로쇠의 눈물

눈물이 흘러야 눈을 뜨지
뿌리에 단물이 흐르는데
눈 못 뜨는 겨울은 쉽게 가지 않는다
너만 그런 줄 아니
내 안에 피가 뜨거워도
눈을 못 뜨는 것은
눈물을 흘릴 줄 몰라서이다
눈물샘을 막고 있는
금빛 찬란한 피 흐름 없는 십자가
솟구쳐 오르는 더러운 박수 소리
심장은 풍선처럼 부풀어 있다
송곳이라도 들고 갈까보다
네 상처를 보고
네 흘리는 눈물을 보고
그렇게 내 안에 너를 가득 채우고
돌아서 나도 한번 울어보자
그날이 오기 전에 눈 한번 크게 떠보자

바람난 소리

위하여
술잔을 마주치면
소리가 난다
취한 걸음으로
돌아오는 길마다
마른 겨울이
발 아래 부서진다
어수선하게
흩어지는 밤
부딪쳐
소리 없이
오는 것이
어제 새벽 문틈을
비집고 들어왔다
봄바람인가
묻기도 전에
쉬 가버리더니
오늘 밤

바람난

나뭇가지에

꽃망울이 맺힌다

포도나무 껍질

황사가 짙은 날에

포도나무는 껍질을 벗는다

땅으로 기어 사는 삶은

모두가 허물을 벗는다

한번은 보란 듯이

우뚝 서 보고 싶어

흙먼지 햇빛을

가린 날을 골라

신방 드는 색시마냥

허물을 벗는다

그리운 사람아

우리도 한번 이 땅에 뒹굴어보자

뽀얗게 속살이 드러날 때까지

허물 한번 시원하게 벗어보자

올겨울의

강철같은 껍질을 꿈꾸며

이럴 때는 어쩌지

낙서가 많은 골목길 담벼락을 보며 푸석푸석한 마음 한쪽에 침을 발라본다
굴러다니는 돌멩이 하나를 집어 들고 오래도록 기다렸던 이름을 적어보고 싶다
누구였던가
한때는 사랑이었고 사무친 그리움
이제는 막연하게 가슴만 아린

누구누구는 알나리깔나리 가위도 그려 넣고 잘생긴 고추 하나
그리고 아주 조그맣게 그 이름을 적어보고 싶다
아직도 철이 들지 않았나 주책이야 하고 돌아서려는데
담벼락 안쪽에서 깔깔거리면
하얀 웃음이 등을 때린다
이럴 때는 어쩌지

글

연필을 빨던 버릇이 있었지
하이얀 종이 위에
아무렴 어때 낙서도 하고
네 얼굴도 그리고
그렇게 까맣게 채워 가더니
아닌 듯 지워 버릴 수 없어
연필에 침을 발라 더 진하게
종이를 메꾸어 왔다
더는 채울 수 없을 때
비로소 나는 분필을 잡는다
이제는 검은 판 위에 하얗게 채우련다
그것이 쓸모없이 다 버려진다 해도
남은 날의 끝에서
처음 연필을 빨던 그날의 자세로

봄바람

얼마나 게으른 녀석인지 몰라
기지개 켜는 것을 보기 위해
목을 빼어 본 목련 나무 끝엔
흘긴 봄눈의 흰자위가 맺힌다
엉덩이 한쪽을 들고 못내 일어나지 못하는 것은
달콤한 꿈을 꾸고 있었던가 보다
저것 봐라
봄바람 봐라
선잠을 털고 달려가더니
문턱에 엎어져서는 그대로 잠이 든다
깨어진 무릎에 진달래가 피고
눈이 노랗게 개나리꽃이 피는 줄도 모르고는
들일 나간 빈집 뜰 앞에서
잠이 든 봄바람의 등에는
꿈들이 아지랑이로 피어오른다

찌꺼기

마지막 내리는 눈이려니 하고
섣달그믐날 밤 불빛으로 달려드는
눈송이를 바라본다
어쩌면 제멋대로 생겼는데도 밉지 않고
차라리 그냥 그대로 얼마나 고운가

아들 녀석은 하늘의 찌꺼기라며
손바닥에 쌓아놓는다
그래 그렇게 쌓다 보면
그 작은 손에 하늘이 다 잡힐 것이며
까만 눈빛이 멀리로 달아나버린다

서늘한 바람에 아내는 이불 속으로 들어가 버리고
한숨처럼 나는 창문을 닫는다
발 빠른 눈송이 하나가 이마에 앉았다가는
자꾸만 가슴속으로 파고든다
네가 무엇의 찌꺼긴들 어떠랴
또 내가 무엇의 찌꺼기면 어떠랴

초하루가 밝고
세월이 가고
무엇이든 찌꺼기로 남을 것인데

눈이 그치지 않는 선달그믐날 밤
쉽게 잠이 오지 않는 것은
눈이 한참이기 때문이고
겨울의 벼랑에 서 있기 때문이려니
차라리 서둘러
봄의 한쪽을 당겨 발끝을 덮어본다

제2부

첫눈

가장 처음 사랑한 사람에게 편지를 썼던 날이 언제인가
빈 편지지에 주소 없는 봉투를 접던 때가 언제인가
슬프게 눈이 내리면 가슴이 울렁거린다
나뭇가지는 쌓이는 눈을 털지 않는데
괜스레 어깨에 내리는 눈을 털어가며
발목이 시린 운동장 한가운데에 서 있다

또 얼마를 지나야 햇살이 눈에 반짝임으로
눈물을 흘리지 않을까
시린 눈을 지그시 감아본다
어쩌면 거기에 눈보다 하얀 여인의 날개가
나를 덮고 있어
겨울이 와도 내 가슴엔 얼음이 얼지 않는가보다

걸어보자
내 어눌한 발자국의 무게를 가늠해 보며
그리움만큼 눌린 눈에서
그대의 한숨 소리가 들리고

내 안에는 또다시 펑펑 눈발이 쏟아진다

코를 지그시 잡고 흔드는 바람이
저 앞에서 깔깔거릴 것만 같다
누구도 왜 코끝이 발갛게 되었냐고 묻지 않는
첫눈이 내리는 날

어머니

서릿발 성성한 보리밭을 밟으신다
시린 조막 발로 꼼꼼도 하시어라
나뭇가지에 날 세우던 바람이
어머니 버선발 베이실라 연줄을 탄다
보리싹이야 알 리 없지
어머니
허리 펴지 못하시는 굽어보심을
보리싹이야 알 리 없지
제 허리 부러지는 줄만 알고
눈 펑펑 내리도록 아파만 하는
이랑에 보일 듯한 참빗 쪽 찐 머리
어머니 발자국 보이지 않고
밭둑에 고무신만 놓여 있네
보리에 통통하니 알이 배면
어머니
음소리 높이 날더니
봄이 다 간 날에서야
보리싹 고개 숙여 보다가

어머니 지워진

발자국에 눈물이

가시처럼 길어만 진다

햇살이 간지럽다

글을 써야 한다
머리가 아프다
멀리 보이는 성당의 잔디밭에
하얀 수건을 쓴 수녀가 쪼그려 앉아 있다
네잎클로버를 찾는 것일까
아니면 꽃반지라도 만드는 것일까
언뜻 수녀의 목덜미로 달려오던
햇살이 환하게 흩어진다
측백나무 잎에서 잠을 자던 고양이가
허리를 길게 펴고 살금 걸어 나온다
나는 여기서 무엇을 하는 것인가
사물을 바라다보며
저 사물이 어떤 현상으로 바뀌어
내 마음속을 들어와야만 하는데
아무런 감정도 생기지 않는다
누군가를 미치도록 그리워해 볼까
아니면 누군가를 이 악물고 미워해 볼까
지금 저 하늘만 막 샤워를 마치고 나온 여인의

얼굴처럼 창백한데

이 간지러운 햇살이 너무 내게 만족스럽기만 하다

아 정말 아무 생각이 없는 내가

너무 간지럽다

아이가 운다

밝은 것이 좋은 아이가 운다
보름달이 뜬 가을 하늘을 보며 눈도 코도 없는 하늘의 얼굴이 불쌍하다고 아이가 운다
세상에 가장 귀한 것이 젖가슴인 줄만 아는 아이가 운다
반달이 뜬 가을 하늘을 보며 엄마 젖가슴을 하늘에 던졌다고 아이가 운다
아름다운 것은 다 먹는 것인 줄 만 아는 아이가 운다.
초승달이 뜬 가을 하늘을 보며 제가 잠든 사이 하늘만 혼자 빵을 먹고 있다고 아이가 운다
아이가 운다 아이가 운다
그렇게 아이가 우는 사이에도 저 가을 하늘의 달을 자꾸만 베어 먹는
그 사람은 누구인가

연애편지

기다림은 연보랏빛 노을
그리움은 하늘모퉁이에서 오래도록 서성이고
창밖으로 백일홍 가지에 걸려 있는
내 눈을 이제는 거두어야 한다
조금씩 잊혀질 때가 언제인가
그렇게 세월이 가면 되겠지
물 한 모금을 넘겨보건만
그래도 그리움은 작은 망치를 들고
가슴을 자꾸만 두드린다
그대는 외면의 전쟁터에 서 있고
나는 그대의 전쟁터에 지옥이 되어가고 있다
어두워져 가는 밖을 가슴에 담아보려고
창가에 서면
그 기다림은 어느덧 별빛이 되고
내 눈은 백일홍 그리움으로
또 이렇게 붉어만 간다

목련은 지고

목련은 지고 라일락 향기는 아직도 그윽한데
붉은 담벼락에 붙어서 킬킬거리던 웃음은 어디로 갔나
예덕의 양어장 금붕어들은 다 어디로 갔나
운동장 잔디밭에서 치맛자락을 곱게 여미고
네잎클로버를 찾던 넌 이제 한 아이의 엄마
옥상에서 먼 하늘을 한없이 바라보던
네 눈빛은 그대로 내 가슴에 남아 있는데
폐교된 운동장에는
붉은 고추잠자리만 난다
아쉬움은 잊혀짐의 두려움 앞에 서성이다
눈물로 떨어진다
또 언제인가 서로를 부둥켜안을 수 있는 시간
그날을 위해 목청이 환하게 웃어보자

바람의 노래

아주 작은 풀잎들이 흔들릴 때 가만 들여다보면
바다보다 낮은 음으로 노래한다.
바람에게 배워버린 그들의 소리
항구마다 사람들이 만나고 이별하고
따뜻한 눈물을 흘려 보다가는
사랑하다 사랑했다.
정녕 지쳐 또 다른 바다를 향해 가는
작은 배의 고물을 따라 여기까지 와선
저렇게
뿌연 흙먼지를 일구다가도 못 박히듯 흐르지 못하는
풀잎에게 바람은 노래를 가르치고 있다.

동창생

영등포역 건너편 한일다방 2층엔 동창생들이 모였다.

오랜만이라고 내민 손이 두툼하다.

허리 굵은 우리의 고향.

희끗한 머리카락이 보이고 등을 돌릴 때까지

그 사이에 고향이 있어 부둥켜안으면 아카시아 냄새가 난다.

옛이야기에 눈물이 나도록 웃었다

남포행 장항선 뒤로 따라온 웃음이 신례원역에서 자꾸만 운다.

가을을 잃어버린 아이들

언제 코스모스 꽃잎이 떨어지는가
가을은 백일홍 나무 밑에 쪼그려 앉아 있다
수업이 끝나고 달려 나온 아이들
담배 연기를 휘저으며 재빠르게 눈을 돌린다
박하사탕을 물고 다시 돌아가야 하는 교실
선생님이 던진 분필이 포트리스의 포탄처럼
아이들 머리에 떨어질 때마다
가을은 자꾸만 뒷걸음질을 친다

파랗게 질려 있는 하늘
사랑을 잃어버린 아이들에게 가을은 없다
그리하여 자취방에서
몸뚱이를 비벼야 사랑인 줄 알 수밖에
창밖을 바라보는 아이들 가슴 속에
하얗게 서리가 내린다
수업 중 먼 산을 바라보는 늙은 선생님에게
진도를 걱정하는 아이의 매서운 눈매
가출 후 돌아온 아이가 뱉어 놓은 침 속에서
가을은 서둘러 코스모스 꽃잎을 떨군다

주먹질

일요일 영등포역사 앞에서 한 눈이 없는 자와 뜻 없이 중얼대던 두 사람이 알 수 없는 이유로 엉겨 뒹군다

비가 내려 젖은 몸뚱이에서 악다구니가 쏟아져 오지만 허공만 찔러대는 주먹이 바라보는 사람들의 가슴을 파고든다

그칠 줄 모르는 몸부림 누구의 얼굴에서 흘러나오는 붉은 핏물로 지나가던 열차의 울음소리가 아프다

지치면 그만두겠지 하고 돌아서는 내 뒷목으로 저들이 휘두른 주먹이 서늘하게 떨어져 내린다

가을 그리고 그리움

몸뚱이 접으면 얼마나 작아질까
단풍나무 붉은 잎쯤 될까
접어도 접어도 가시처럼 뛰쳐나오는
남몰래 울어보는 보랏빛 그리움
언제나 강물 위에 너울대는 너로 인해
들국화 강 언덕에 서서 눈물을 날려본다
살이 쏟아져 내리는 풀잎마다
가슴을 대어 보면
아픔으로 찌르는 가을
물보라처럼 흩어지는 그 숨결
클로버 잎에 숨겨둔 나의 삼각형이여

가을산

골짜기마다 붉은 등을 걸어 놓았다.
사십의 수줍음
가슴 두근거리던
풋풋하게 다가오던 사랑은
저 계곡의 개울에 녹아
어느 바닷가
젊어 아픈 시인의 가슴에나 가 닿을까

산으로 들어가면
마음이 자꾸만 조여 온다
구멍 난 양말처럼 감추고 싶은
마음의 뒤꿈치
작은 바람에도 낙엽은 쉽게 떨어진다
수줍은 아픔이 나를 따라와
아득하니 발아래 소리를 낸다

아직도 그 과수원에

아직도 과수원엔
빙 둘러 아까시야 꽃이 피어 있을까
한입 가득 구름 향기가 돌고
철제 사다리 위에서
앞치마 두른 누이들의 배 봉지 속에
곱다란 콧노래 가득할까
잎사귀 하나하나 떼어 가며
까르르 웃던
하얀 블라우스 검정 단화들
종종 스쳐 가는 까까머리의
목덜미는 아직도 빨갛게 익어 있을까
늦은 저녁으로 가는 하늘은
붉게 붉게 허물을 벗고 있을까
밤 별을 바라보던 마당 한 켠엔
지금도 밤마다 모깃불 피어오를까
텔레비전이 있던 그 집 마루엔
밤마다 마실꾼들이 찾아들고 있을까
에고 오늘은 잠 못 들겠네

언어의 공동 우물

가을 하늘에 두레박을 걸어 본다
문학지 발간 축시를 쓰다
마음이 날아가 꽃이 되고
안개가 되고 강물이 되고
바람처럼 그대 가슴에 부딪고 돌아와
따뜻한 우물이 되었구나

천년을 지나도 이 우물엔
싱싱하게 뛰는 노래
혁명의 깃발이 담기고
순교자처럼 위대한 철학이 넘치리니

흩어진 것은 결국 돌아와
여기에 모여
마르지 않는 우물이 되는구나
풀이 젖고 나무가 젖고
가슴이 젖는 언어의 우물

사람들이 쏟아 놓은 말들이

다 물이 되는 것이 아니기에

가을 맑은 날에 우물을 파고

금빛 두레박을 건다

안개

밤바람이 차다
강물이 안개를 일으켜 세웠다
둑 너머 쪽방에
아이는 잠들지 않고
가로등만 밝다

번뜩이며 기침하는 길
한 사내가 땅 아래를 파고
안개를 따라 가로질러 간다
밭둑을 달리고
산을 넘기에는 시간이 없다고
계곡을 돌아간 곳에서
사내의 얼굴은 사라졌다

밭도 사라지고
산도 사라지고
길만 남아서
가로등을 끄지 못한다

새벽이 오는지

아이는 잠이 들어

자꾸만 안개를 차버린다

강은

아이도 길도 덮어주고

돌아오지 않는 안개를

기다리지 않은 채

사내를 따라간다

산사의 가을

달빛에
차인
처마 끝

풍경이
걸려

덧없는
바람이
흔들고
간다

소리는
저만치
산을
넘는데

노승은

창문에

부딪는

낙엽에만

눈길이

간다

이발소

낮은 천장 아래 액자에
오래된 돼지는 수유 중이다
누렇게 빛바랜 끈끈이에
아직도 파리들이 붙어 있는
골목길 이발소
손톱을 잘라본 일이 없다는
이발사의 능숙한 손놀림으로
조리 없이 잘려 나가는 머리카락이
낙엽처럼 떨어진다
뜨거운 물수건이 얼굴에 덮이면
졸음처럼 비누 냄새가 쏟아진다
생각도 잘라 버릴 수 있을까
길어지면 지저분하다고
버리면 단정해지는 것이
머릿속에도 있다
노인 병동으로 간 옆집 치매 노인도
지나는 바람을 잡았다 놓아주며
제 몸을 달구는 겨울나무처럼

생각이 단정해져 있을까

안이 훤하게 들여다보이는 동네 이발소

문을 열고 나서지만

자꾸만 머리는 서늘해지고

이발소 안쪽 거울에 눈길이 간다

4월에

오래된

시집 속에

숨어 있는

4월을 본다

도시의

막다른

길에서

죽겠다던

너를

눈 덮인

언덕에

묻고

오던 날

나에게

4월은

오지 않았다

바람이 불고 눈이 아프고 콧물이 흐른다

나른한 몸뚱이 한없이 눕히고 싶은데
전화라도 한번 해볼까 네가 가 있는 그 언덕으로
밤처럼 저수지로 들어가 볼까
물들이 일어서 달려가는 그 언덕으로 따라가 볼까

언뜻
스팸처럼
떨어지는
꽃잎도
아름답다던
네 목소리
그리움
갈피 해두고
서둘러
책을
덮는다

제3부

꽃샘

골목을 몇 번 돌아 겨우 빠져나온 바람은 칼을 들고 있다
아무것도 벨 수 없다는 것을 아는 새들이 칼 위에 앉아 깃을 다듬고
서러운 바람은 창문에 얼굴을 대고 있다
어쩌랴 허리춤을 베어가도 가슴을 찔러도 아픔조차 모르는 것을
꿈틀거리는 것 머릿속을 기어다니고 오늘도 바쁘다
욕조에 이불을 넣고 발로 밟아가며 바람의 울음소리 가늠해 본다
박자도 음정도 없는 것이 물소리에 보조를 맞추고 있다

칼에 베이고 찔린 이불을
너와 함께
오늘 덮어야 한다
서늘한 감촉으로
등 돌리지 못하는
봄바람의 시샘을
덮어야 한다

내일은

가슴을

그리고

뜨거운

심장을

칼에 찔려야 한다

손금

손끝이 차다
손금 하나가 더 늘었나보다

손금을 봐 준다고
어린 누야가
손목을 꼭 잡았다가 놓아주면
별빛이 와르르
쏟아지고
뻐꾸기 울음이 뭉클뭉클
맴돌았다
절대 손바닥을 펴지 말자
도리깨질하듯
움켜잡자
손바닥을 펴는 것은
노름꾼들이나 하는 것이다

그렇게
바람 하나

빗방울 하나
잡히지 않는 것은 다 버렸다
멀리멀리 날아가 버리라고
수없이 아프게 던져 버렸다

지금도 어느 허공을 달려가고 있는
그것들이 손끝을 차게 한다
돌아와 손바닥 안에
깊은 골을 하나 더 긋고 만다

소리내기

나무도 소리를 내고 싶어
바람을 불러 모았다
입새를 마주치며
가지 사이로 소리를 낸다
더 큰소리 내고 싶어
몸뚱이 부서지는 줄도 모르고
뿌리째 뽑혀 나가는 줄도 모르고
더 많은 바람을 불러 모은다

이제 막 태어난 아기도
제 가슴을 눌러
아무도 가르친 적 없는
소리를 낸다
단음으로 전해지는
느낌
낮은 소리에
귀 열 줄 알았을 때

풀숲에 벌레들

제 살갗을 비비며

낫추어

소리를 낸다

정자나무

장마가 시작되기도 전에 민달팽들이 정자나무를 기어오른다
늙은 나무는 껍질 속에 일기를 쓴다
끊어진 연줄을 찾기 위해 오르던 꼬마
아직도 내리지 않고
늦은 밤이슬을 털며 떠나는 계집아이와
어둠 속에 속삭이던 은밀한 약속
그늘 속을 찾아든 늙은 부부의 한숨 쉬는 소리

사람들이 금줄을 치기 시작했다
나무 아래로 상여를 따라가는 슬픈 울음이 몇 번을 지나쳤던가
천년을 소리 내지 않고 껍질 속에 담아둔 것은
달빛에도 놓아 줄 수 없는 그림자처럼
오랜 세월의 일기를 버리고 싶지 않아서인데
그것이 두려운 사람들이 금줄을 친다

부적의 우상

장마가 오기도 전에 개미들이 나무 밑으로 이사를 한다
나무는 거꾸로 서서 이 땅을 부여잡고 있다
예수도 마른나무에 매달려 소리치고
석가도 나무 아래 앉아 있었다
사람들이 나무 기둥에 부적을 붙인다
애 울음소리 들리면
싸리문에 금줄을 치고
그을음으로 덧칠된 부엌 서까래 밑에서
여자들이 지성을 드렸다
어머니가 어머니를 낳고
문밖으로 나가셨다
침묵을 치우고 따라나서야 하는데
표정이 곡선인 기둥에 부적 하나가
내 등 뒤에서 웃고 있다

FTA

비가 온다고 해서 산이 제 어깨를 무너뜨렸다
얼마나 많은 비가 이 땅에 내렸던가
아무리 힘들어도 생채기를 내지 않았는데
한순간의 비에 쓰러지는 산
살아가면서 쓰러지고 싶을 때
쓰러지지 않는 것은
풀포기 하나
보잘것없는 나무뿌리 한 토막
내 어깨에 기대어 있다는 것을
알게 되었을 때이다
떠날 때가 되었다고 가버린
아 슬픈 그리움이여
산이 무너진 것은
비가 오기 때문이 아니라
제 그리움을 잃어버려서다
눈물처럼 흘러내린
산의 상처에 이름 모를 꽃이
매달려 있고
비에 젖지 않는 나비가 날아든다

신발 한 짝

장마에 떠내려간 올케의 신발 한 짝
남은 것은 가볍다
고단한 감나무에 줄 맨 거미들이
남은 신발이 날아오기를 기다리는데
낙엽 하나가 신발 끈을 푼다
올케는 참깨밭으로 갔다
그까짓 신발 한 짝 흙으로 빚자는데
상처보다 아픈 것은
풀린 신발 끈 물고 가는
붉은 노을이다
키질마다 하얗게 쏟아지는
한숨 익은 하얀 알갱이다
장마에 떠내려간 올케의 신발 한 짝
어느 강둑에 앉아
떠난 것도 가볍다

단 한 걸음

그대 서너 걸음 저만치 가라
나는 단 한 걸음 떼어 놓으리
뒤돌아보는 가을을 두고
돌 지난 조카 딸년의 볼웃음 같은
들꽃에 머무르리라
수수밭으로 달아나는 햇살의
풍만한 엉덩이를 좇아가다가
무릎을 꿇어앉아
그대로 잠들어도 나를 찾지 말라
어쩌다 그대 푸석한 발걸음 소리
서늘하게 감겨오는 저녁
벌써 산을 넘어간 가을
고구마 익는 냄새가 난다
달이 지나가는 언덕으로
나를 부르지 마라
네가 가고 나면
조용히 문 닫는 이 들판에서
나 혼자 삐걱거리는 저녁을 준비하리니

알 수 없는 영역

푸른 것을 보면 낚싯대를 던지고 싶다
손수건 하나 흔들어줄 바람조차 없는 날이면
아가미에 바늘을 걸고 퍼덕이는 삶을 건져보고 싶다
클릭과 드래그 사이에서
꿈틀대는 잡동사니들
수없이 자리를 옮겨 다니며
큰놈 한번 걸려봐라
완료된 영역에서 낚싯대는 휘어진다
푸른 것으로 인해 한때의 방랑도 용서되는
그 공간 속에
나도 한자리 차지하고 미끼를 단다
알 수 없는 영역
새로고침의 반복으로도 도달할 수 없는
그곳에서 시작되고 끝나는 하루
마음은 시도 때도 없이 낙엽이 진다

창안에 창

눈
누구의 입에서 흘러나왔다
사람들이 창가로 몰려서고 순식간에 창에는 입김이 서린다
가려진 창에 거짓보다 아름다운 기다림이 창을 낸다
그 너머엔 비단이불 속에 웅크리고 있는 가을이 안쓰럽게
햇빛 멀리 누워 있다

밖이 안보다 차가운 날에 창가에 서면
기다림은 뜨거워
단 한 번의 한숨에도 하늘이 무너지고
서 있는 이 땅이 무너지고
기다림에 사람이 또 무너지는 것이라서
창은 커튼을 만든다

손가락으로 작은 창을 내고
기다리다 보면 자꾸만 가리는 것을
그래도 못내 창을 내면
창 안쪽에 눈물이 흐른다

멀리 서서 창을 열어놓거나
뜰에 나가 기다리자
가슴에 창문을 닫고 기다리기엔
그리움이 너무 뜨겁다

봄 그리운 바람

기어이 올해도 순결한 몸짓으로 만나는구나
분명 기억 속에 헤픈 웃음을 흘렸건만
네 옷고름에 처녀의 냄새가 배어 있다
안쓰럽게 흔들어 대는 바람에
네가 느끼는 희열을
아무도 모른다고 생각하지 마라
달음박질치는 사내의 둥근 엉덩이도
전을 부치는 아낙네 깊은 눈꼬리도
밤마다 밤마다 지지 않고 웃어대는
네 서러운 시간의 만남을 안다
길
그 검은 낯짝에 달라붙는 가쁜 숨소리
벚꽃이 피는 아스팔트
한 번도 일어나 손을 흔들지 않는 것은
짧은 만남과 위험한 사랑에 익숙해서이다
멍들지 않는다고 서러워 마라
아파하지 않는다고 보채지 마라
밤

비 젖은 바람이 불고

너는 네 사랑이 끝났다고

발가벗은 채 또 헤픈 웃음으로 다 떨구고 갈 것을 안다

내 그리던 봄아

불 붉은 꽃잎아

유월의 장미

살갗을 비집고 나온 것이 저리도 붉어
너는 결코 꽃이 아니다
아물지 못하는 상처의 입술
흐르는 물이라도 노을은 젖어 들듯
상처 혼자 아물지 못하는구나
더는 못 견디게 뜨거운 여름의 흉터처럼
가슴을 찢고 나왔구나
함부로 다발 지은 꽃 가게 앞을 지나며
아!
예쁘구나 소리 내지 못한다
나비 하나가 창문을 기웃거리며
날아보려고 제 살을 뚫고 나왔다고
너를 찾는데
위안이야 가설이라고 생각하며
스쳐 가는 내 온몸에 장미꽃이 핀다
아 그랬구나
내 안의 저렇게 많은 흉터가 있었구나

술래잡기

항아리 뒤에 숨어서
숨 고르는 아이
엄마는 장독대를 돌면서
단풍잎만 바라보고
발소리에 가슴이 뛰는
너 혼자 가을이 깊었구나
다리가 저려 오고
빈 항아리에 바람이 빠졌나
바닷소리 물소리 귀뚜라미 소리
빨갛게 떨어지는 감 소리
엄마 치맛자락에 매달려
못 찾았지 칭얼대는
가을날의 술래잡기

변기에 앉아

변기를 쓰고부터 버린 것들에 대한 연민이 사라졌다
푸성귀였든 아니면 기름기 뭉쳐놓은 짐승의 사체였든 간에
뒤엉킨 채 나를 성숙시켜 주었다는 것에 대한 은근한 조롱이었다

마음의 한구석에 놓인 배수구는 언제나 수리 중이다
막혀져야 하는 것이 아니고 막아놓은 것인지도 모른다
밤새워 시험공부하고 새어 나가 버린 그것 때문에 분노하는 아이들

이놈들아! 기억은 버려지는 것이 아니고 정리되지 못한 것이다
위로한다고 한 말 한마디가 아랫배를 아프게 한다
변기에 앉아 시원하게 배설하고 뒤도 돌아보지 않고 물을 내리지만

버려야 할 것들을 버리지 못하는 내 마음의 한구석 변기는 수리 중이다

아무리 정리해도 배설하지 못하는 아픈 내 변비여

뒤돌아보면 버린 것은 연민뿐이었다

소똥구리

저 들판에 소 떼를 풀어놓고

우리는 소똥을 굴려야 한다

풀잎을 눕히고

나무에 부딪는다 해도

굴러떨어지는 곳에서

두 다리로 소똥을 굴려야 한다

손에 흙을 묻혀 일용할 양식을 얻는 사람이 되어야 한다

이렇게 우리가 모여 기도를 드리는 동안

소들은 틀에 갇혀

걸쭉하게 유리 깨지는 소리를 토하고

우리의 신들은 죽어간다

저 들판에 소 떼를 풀어놓고

우리는 흙 속에 소똥을 묻어야 된다

여름꽃

물끄러미 바라보던 입술로 인해 어항에 물이 마르기 시작했다
꿈꾸던 바다는 저쪽에서 섬 하나둘 공기놀이에 빠져 있고
밤 갈대들은 어둠에 취해 강바닥에 누워 흥얼거리는데
나는 마른 어항 속에서 갈라지는 비늘을 바라볼 뿐이다
가슴 한가운데에서 커가는 나무의 뿌리가 드러나면
나의 비늘은 어항 밖으로 비 맞은 불빛처럼 흩어지려나
도마 위에서 신음도 없이 저며지는 나의 살점들
너의 입술로 인해 나의 어항은 흔들린다
깨어져야지 베어질 뜨거운 비에 혈관을 타고
아
당신 사막에서 종일토록 비 맞는 여름꽃

비 오기 전에

이것은 분명한 신호다
으르렁거리며 거칠게 몰아붙이거나
천천히 팔자걸음으로 온다
또한 분명한 공갈이다
새들은 깃털에 침을 바르고
나무들은 어깨를 숨긴다
지붕을 만들고 창문을 닫는 것도
네 공갈에 한 번도 이겨보지 못한 굴복의 자세다
너는 늘 그렇게 우리들의 어깨 위에서 내려왔다

지상에 내려온 너의 자세는
도도하지 않다 그저
뚝 아래 이리저리 가라는 대로 가고
만지면 부끄러운 듯 흩어지고
언제나 노예의 자세이더니
언덕 아래 머물러 출렁이던 미소이더니

그러한 물들이 일어서 다시 오고

주머니 속에 넣은 하늘
그리고 그 험상궂은 얼굴
비가 오기 전까지
우리는 우리의 모든 것들을 거두어야 한다

비 그친 후의 하늘에 반쪽짜리 비웃음을 기다리며
오늘은 잠시 쉬어야 한다
매 맞은 아이처럼 쫑알대며
긴 자세로 앉아
서로 엉켜 내리는 비
지나가기를 기다려야 한다

국화 향기에 취해

향기는 날아가는 것인 줄 알았다
문을 닫고 싶은 날
찻물에 담근 마른 국화 꽃잎이
찻상에 앉아 있다가 날아간다
벽에 걸린 이름 없는 화가의 그림이 흔들리고
언제나 굳은 표정의 사진이 흔들리고
닫은 창문이 기울어질 때
내 목을 타고 흐르는 그 향기에 취했다는 것을 알았다
향기는 날아가는 것이 아니고
안으로 깊숙하게 파고들었구나
흰 나비 날개 같던 네 한복에서
국화 향기가 났던 것도
뜨거운 여름비에 촉촉하게 젖어 오던 그 향기로구나
문을 닫고 싶은 날
여름에도 국화꽃이 핀다

제4부

배추 심는 날

보습을 대고 땅을 파는 것이 아니라
속살을 보려는 것이다
올라오는 것이 거칠어 꾸미는 것이 아니라
부드럽게 달래는 것이다
속흙이 풍기는 내음이
아직도 축축한 숲으로 퍼지고
벌레들은 깨어날 준비를 한다
손끝에 몇 알인가
배추씨를 묻혀 집을 짓는다
속흙을 부드럽게 뿌려주면
신방은 잠시 눈을 감는다
이제는
가을의 창호지에 구멍을 내고
너의 신방을 훔쳐보는 일만 남았다
배추밭 너머 숲속에 가는 햇살이 쏟아지고
풀잎에 알을 낳은 어미 달팽이 두 눈이
밭둑을 넘는다

칠월의 달

물먹은 담벼락이 추녀를 잡아당기던 밤
칠월의 빈 어깨에 걸려 있는 꼴망 속에서
자루 빠진 낫 하나 녹이 슬어 갈 때쯤
비가 또 오려나
아버지 허리에서 나뭇가지 하나
부러지는 소리가 난다
목매기 송아지 철없이 울고
더 철없는 나 혼자 잠 못 들던 밤
여치를 잡아 주겠다던 약속 때문에
빈 밀대 여치 집을 들고 동생은 자루 빠진 낫
하늘에 던졌다
흘깃 초생달이 뜨는 칠월에
구름을 헤치며 낫을 찾는 동생과
풀숲을 헤매던 우리 둘이서
돌아누울 때마다
나뭇가지 부러지는 소리를 듣는다

못된 나무 오래 살기

늙은 나무가 갈대처럼 살아가는 동안
온산의 나무들은 십자가의 자세를 취했다
그들이 기다리는 것은 예수의 부활이 아니라
바람처럼 나무에 매달려 있다 사라지는
마리아의 아들과 그의 죽음과 아무렇지 않게
살아가야 하는 삶일 뿐이다

한 번도 바람에 저항해 보지 못한 나무
늙고 또 늙어 호령하는 숲에서
어린나무들 부러지고 꺾어지는 아픔에도
저렇게 무성하게 잎사귀를 내보이며 운다

가지는 휘어져야 한다 늘어져 고개가 땅에 닿도록
그리하여 볼품없이 굵어진 허리에 금줄을 달고
이 땅을 호령하며 절대로 예수를 매달지 않았던
늙은 나무를 기어오르는 내 손바닥에
끈적한 부활의 피가 묻어난다

천년을 바람에 숙여 살던 나무 아래

굼벵이들이 일어나 나무에 매달려 소리를 낸다

저 숲에 여린 나무들이 바람인 줄 알고

파랗게 질려 있는 동안

늙은 나무는 비굴한 그 나라의 왕이었다

선유정

숨찬 달이 백월산에 앉아 있다가
두 발을 쌍지에 씻고
仙留渟
지는 연꽃에 얼굴을 묻더니만
새벽이 오는 줄도 모른다

달 건지는 스님의 기척에
놀란 달빛들
연잎 속 하루 종일 숨어 있다가
노을빛에 올라와 이슬이 되는 곳

문 열린 선방에 나비가 찾아들고
풍경소리, 풀벌레 소리, 독경 소리
머문 사람들은
마음이 부르는 소리를 듣는다

선유정에 눕지 말라
저 어지러이 흘러가는 구름에

행여 마음을 빼앗기면

어린 도깨비들이 장난치는

여기서 떠나지 못하리

나무가 되기 위해

오래된 갈대가 나무가 되기 위해
구멍 난 양말을 신고 나온 것처럼
고단한 삶 속에 신을 벗지 못하고
언제나 십자가의 자세로 살아가는
까닭이다

나의 엄지발가락
사람이 살아가는 언덕에 있지 못하고
허공을 짊어지고 가는 강물만
한없이 바라보다가는
혼자 강물의 비명에 쓰러졌다

끝내 토하는 울음에
저녁노을이 붉게 눈시울을 넘긴다
안개가 촘촘한 마을 뒷산
이제는 서 있는 것이 힘에 겹다
바라보는 강물에 몸을 눕히고
흐르고 흐르다 너와 만나는 그 순간

뜨거운 눈길에 파르르 떨고 싶다

강바닥에 그대로 가라앉는
너와의 정분을 꿈꾸며
오늘도 쓰러졌다 일어서고
나는 아직도 네게 가지 못한 채
긴 그림자만 너를 향해 가고 있다

비에 죽음

똑 똑 똑 똑

지상에 눕는

너의 마지막 소리

화단의 모퉁이에서

이름 없는 바다의

외딴섬

모래톱에서

살아 있는 혈관을

떠돌다

지상이 뜨거움에

몸부림칠 때

소리 없이

다시 태어나

소리치며 부끄럼 없이

죽는구나

어디서 아이 우는 소리

크게 들리고

사람이 소리 없이 죽는다

못 배기다

손바닥에

나무껍질이 생겼다

벌레에게

쫓기는 꿈을 꾸면서

내 안에 참나무 한 그루 들어왔는가

열매를 떨구라고

돌을 던지던 그날

사슴벌레는 날아가 버리고

돌 맞은 상처

이제 손바닥에 껍질로

돌아왔다

변종이라고

나무껍질 옆에 살갗들이

자꾸만 나를 물어뜯는다

스케일링

의자가 입을 벌리고
내 안에 생명의 마지막 소리를 모았다
종이컵 가득 붉은 소나기를 토하며
육 개월에 한 번은 오세요
자판을 두드리는 소리가
도망치는 계단 아래 쌓인다

아직도 벗어나지 못한 치과 건물 밖으로
비가 쏟아진다
하찮은 것들이 안에 있다고
아린 잇몸이 아스팔트 바닥에
침을 튀기며 주장을 한다

비가 그치고
갠 하늘 아래 거리는 스케일링을 당했다
성큼 다가서는 바람 하나가
발등을 밟고 지나간다
바람을 쫓아 왔는가

발등에 청보랏빛 달개비꽃이 핀다

그래 나도 이제 가이아의 아랫배
똬리 틀고 있는 다른 생명의 숨소리
구토하지 않는 절제로 산다
지상엔 옴츠린 작은 달개비꽃이
활짝 꽃잎을 벙근다

가을 소리

이걸이저걸이각걸이천두만두두만두

애들이 벗어놓은 껍질이

개어놓은 솜이불 속에서 꼼지락거린다

당신은 이슬에 젖어 돌아오지 않고

어머니는 안개 속에서 아침을 먹는다

깻잎 한 장 늙은 오이

된장 냄새에 햇살이 들어오면

앞마당은 그의 교두보

고추는 벌거벗은 채 살갗을 태우고

붉은 반짝임에

눈먼

외톨이 총각 잠자리가 맴을 돈다

깨금 터지는 소리

밤송이 터지는 소리

꼬투리들이 감나무 끝으로 올라간다

햇살이 만지는 가을의 소리

어서 내려와라 감나무 가지 부러질라

어머니 숟가락을 들지 못하고

꼬투리들은 감나무 가지 끝에서

사방을 뛰어내린다

누가 그 문을 열어줄 것인가

아무도 등교하지 않은 복도에
참새 한 마리가 들어왔다
고장 난 변기에서 떨어지는
물소리 때문인가
복도 끝에 있는 이름 없는 작가의
산수화 때문인가
책상 위 교실 벽에 쓰여진
재잘거리는 낙서 때문인가
참새는 출구를 잃어버렸다
똑같은 모양의 창틀과
규칙적으로 놓여진 소화기와
학급 표찰의 일정한 배열
질서가 어지럽다
복도에 퍼지는 새 부딪는 소리
거친 심장의 울림
내일이면 아이들이 창을 열고
새를 놓아줄 것이다
풀려난 새는 긴 복도에 일제히

손짓하는 아이들이 슬퍼

짧은 날개로 쉼 없이 멀어져 갈 것이다

사마귀

조금씩 멀어지는 하늘을 보내며
들판은 옷을 갈아입는다
밭둑 가장자리를 거닐던 풀벌레들이
갈색의 수의에 놀라 제 푸른 몸뚱이를
흙에 문지르며 빛 드는 곳마다 낮게 엎드린다

고개 숙이는 가을 속에 당신은 보이지 않고
잎새에 사마귀들은 한 끼의 허기를 위한 기도를 드린다
종일토록 천 길 하늘 등짐 져 본 적 있는 사람은 안다
사마귀의 긴 다리에 붙어 있는 갈고리를 접고 기도하는
아픔을

도시에서 사마귀들이 사는 거리가 있다
내 영혼의 귀가 가렵다
돌아온 당신은 도시의 사마귀들에게 뜯긴 상처로
굵은 허리가 굽어 있었다
침묵의 마루 끝에 당신을 걸쳐놓고
익는 가을 속으로 나는 걸어간다

참깨밭에 내년에는 벼를 심어볼까

이제는 배고픈 사마귀가 되지 말자고

그만 허리를 펴자는데

가을 안개는 해 다 가도록 떠날 줄 모른다

무한천 강가에 서서

한때는 돛배 드나들던 갯골
흔적은 남아 강 언덕에 검버섯이 핀다
물은 고인 듯 흐르고
기차는 갈대꽃을 흔들며 지나는데
갈 길 먼 철새가 물 위에 앉아
햇살이 빠진 물속을 헤집고 있다
물 건너 저편은 끝없는 벌판
물동이 강둑에 내려놓고
옷고름 풀던 젊은 하루가
발 벗은 걸음으로 강을 건넌다

눈이 내리는 소리

생각은 서릿발을 뒤지며 향천사 뒷길을 내려오다
뽀얗게 숲으로 몰려드는 눈이 불타는 소리
산 무릎에 앉아 있는 설익은 너의 숨소리
안쓰럽게 매달리던 낙엽 떨어지는 소리
들쥐들이 자리를 옮기는 소리
눈이 내리는 소리에 묻힌 산이 아무 말도 하지 않았다

입술 아래 차가운 낙엽 하나가 붙어 떨어지지 않는다
눈은 짙어 산 가득하니 차오르고
천불의 곁눈질 속에 스님의 독경 소리가 높아진다
눈 치우는 늙은 처사의 등 자꾸만 굽어
하마터면 너를 그 등에 업혀 놓을 뻔했다

그리움의 방정식

y=f(x)
여기에 빠져 버린 거다
바다를 향해 철길을 달려가고
당신은 나비처럼 나를 따라오는 줄 알았는데
아득하니 아지랑이로 피어오르는 거다

푸른 광장을 생각하고 달리자 했는데
나는 바다를 바라보았고
당신은 하늘을 바라보았던 거
주어진 변수에서 칠월칠석이었던가
우리가 만나는 것이 별이 되고 별자리가 되고
변수는 한없이 아름다운 거

마음은 항상 고정값
달리다 손을 뻗으면 당신의 가슴이
거기에 있는 줄 알았는데
당신의 연줄은 끊어져 있었네

그리움은 점들의 집합

푸른 광장은 수평선에서 마침표를 찍고

무한의 변수에 애닳게 눈 젖어

돌아가지 못하는 그리움의 교점

바다를 두고

신두리에서 왔다
사리 바다를 모래 언덕에 묻고
이십 리 모랫길을 달려와 여기서 산다
안면도 서태안 사투리 끝에
탱글 물새알이 맺히고
웃을라치면 반짝이는 모래알이 눈가에 튄다

뭍 놈들이 바다를 보고 싶어 하면
그의 입에서 비릿한 갯내음을 풍기고
조금만 쉬었다 가자고 보챌 때
조금 바다에 뒹굴던 그리움을
꺼내어준다

가슴에 담아둔 것이 있는 사람은
혼자 웃다가 혼자 슬퍼한다
따뜻해야 되는 둥지가
찬바람에 흔들릴 때
갯녹음 지는 모자반을 생각한다

기우뚱 가는 날의 고물에서

어색한 집중

굳어 버린 마음들

니놈들이 모르는 신두리

그 바다의 지금 슬픔이

너희에게 번지지 말라고

그는

오늘도 새알 같은 아이들을 품는다

가을걷이 끝난 들판에 서서

다 들어내 보여도 부끄럽지 않은 들판에 서 있다
주름진 가슴으로 아직도 젖 먹일 것이 남아
배수로에는 억새꽃이 하얗게 핀다
한때의 살결인 양 보드랍게 꽃들이 흔들리면
엷은 하루가 살얼음을 베고 눕는다
바스락거리는 둑으로 걸어가면
들쥐들이 열어 놓은 길이 보이고
물 고인 웅덩이에 송사리 몇 마리
마른 콩잎 속으로 숨는다
풋풋한 살 내음은 다 어디로 갔나
볏짚을 깔고 앉아 떨어진 벼 이삭 입에 넣어본다
익은 막걸리 냄새가 코끝에 맺힌다
작은 바람에도 낄낄대던 간지러움은 다 어디로 갔나
몇 마리 백로들이 상여처럼 지나가고
저 멀리 들판의 외딴집 창가에서
여인의 바느질 소리가 들린다
고독인 척하며 털고 일어서는 목덜미에
볏짚 하나가 따라와 숨는다

몸이 떨린다

저울추에 들판이 매달린다

몸이 기운다

기도는 낙엽처럼

순종에 익숙한 성모상 앞에
아직도 푸른 잎사귀에 붉은 꽃 망울진
사철나무가 어두운 담을 친다
기도는 낙엽처럼
당신의 그 먼 별빛처럼
겨울 속에서 나를 떨게 한다

손바닥 안에서 서늘한 하늘이 꼬리를 흔든다
빈 손가락이 굳는다
손등을 타고 오르는 마지막 기도가
저녁 안개 속으로 사라지고
거둘 수 없는 두 손을 밤하늘에 맡겨본다

기도가 끝나고 돌아서는데
손은 아직도 밤하늘에 걸려 있다
당신도 기도하는가 보다
옅은 겨울 하늘에서 따뜻하게 손을 잡고
별빛 가득하니 담아 돌아오려나 보다

하얗게 굳은 당신의 기도하는 손이

어둠으로 가는 나를 바라본다

어느새 따라온 내 손을 흔들어본다

흔들리는 두 손에서 눈이 쏟아져 내린다

해오름의 노래

가장 먼저 눈 뜨는 아침이 되게 하리라
살얼음 든 들판보다
함부로 물결치지 않는 호수보다
알몸으로 눈뜨는 나무보다
세월 앞에 떠오르는 당신을 먼저 보리라

동짓달 눈썹이 하얗게 기다렸던 청춘은
휘어진 가슴으로 그 얼마나 아팠던가
먼 곳에서 밀려오는 무거운 손짓에
산모퉁이에 앉아 얼마나 울었던가
아! 처절하게 절룩이던 지난밤이여

분노에 잠들지 않는 밤은 갔다
눈썹을 검게 물들이고 우뚝 선 아침
희망은 겨울을 깨치고 온누리에 문을 연다
거부할 수 없는 절대자의 약속
보라 저기 이글거리는 생명의 원천

천 가슴도 하나처럼 보듬고 보라

천지에 휘날리는 붉은 꿈을 보라

돌아서는 등 뒤로 산은 푸르게 웃고

들도 강도 찬란히 은빛의 춤을 춘다

해오름 아침 가슴이 타는구나

가난한 하루

찬비가 내리고 처음 겨울이 묻어났다

가난한 나무가 더 가난한 몸짓으로 서 있는

정원의 아래쪽은 초라한 시들이 쏟아져 있다

내 가난도 거기에서 쓸려 다닐 것이다

바람이 불고 처음 사랑의 기억이

가난보다 더 슬프게 아픈 손목을 뿌리친다

울렁거리는 강물 위에 물보다 가벼운 철새들이 떠 있다

내 사랑도 거기에서 떠돌고 있을 것이다

찬비도 야속한 바람도

가슴속 가득히 들어왔다가

빈 유리병 소리를 내며 나의 가난을 마시고 간다

가난에 취한 바람은 온 겨울 거리를 떠돌고 있을 것이고

나의 가난한 하루는 내일도 저물지 못할 것이다

사랑이 가버린 가슴은 물새보다 가볍고

시를 쓰지 못하는 가슴은

잃어버린 사랑보다 더 초라하다

박희영의 시세계

그리움의 조건들

이호[1]

(문학평론가)

#1. 시전소사詩前少事

얼마 전의 일이다. 피하기 곤란한 입장이라, 참석하게 된 조그만 모임 자리에서 박희영 시인을 조우한 적이 있다. 박 시인

---

1) 충청도에서 태어나 인천에서 자랐음. '해석학자'가 되는 것이 꿈이었지만 자신이 원하는 일을 문학평론가가 되는 것으로 '오인'한 채 십수 년을 살았음. 그래서 문화일보 신춘문에로 문학평론가가 되었고(2002년) 동국대학교 국문학과 박사과정에 들어갔으나 한국 근대문학 연구에 전혀 흥미와 관심을 느끼지 못했음. 한국영화평론가협회로부터 영화평론가 면허증을 발부받아(2017년) 영화에 관해 조각 글을 쓴 적이 있음. 지금은 책 읽기와 글쓰기를 중단하고 체험 삶의 현장에서 노동하고 있음. 저서로 『영화, 뮈토스의 판타지』가 있음. 이 글은 마음의 빚을 청산하기 위해 쓰고 있음.

과는 오래도록 알고 지낸 사이였지만 약간은 데면데면한 사이였다. 해마다 열리는 행사 때 만나면, 서로의 안부를 묻곤 했었다. 처음 만났을 때는 아주 잘생긴 미남자였는데 지금은 꽤 많은 시간이 흘러 이제 머릿결이 희끗희끗해진 그 시인은 시집을 낸다고 했고, 오래전에 써 놓았던 시들을 서랍 속에서 꺼내어 빛을 보게 해주어야겠다고 말했다. 왜 갑자기 젊은 시절의 기록들을 서랍 속에서 꺼내놓으려 하는지는 차마 묻지 못하고 말았다. 그때 박희영 시인은 계절의 여왕이라는 오월의 청명한 날씨 속에서 햇살을 등으로 받아내며 복통을 겪고 있었다.

그보다 몇 해 전의 일이다. 박희영 시인이 예산의 모 지역에 '뜸부기'가 돌아왔다는데 "이 근처에서 뜸부기를 본 일이 있느냐"고 물었던 적이 있었다. 나는 지금도 그 말을 할 때 박 시인의 반짝이던 그 눈빛을 잊을 수가 없다. 그러나 예산 지역에 오래 거주한 박 시인에게는 미안한 이야기지만, 필자는 그때나 지금이나 뜸부기가 어떻게 생긴 놈인지도 알지 못한다. 설혹 보았다고 해도 필자는 그런 것에 의미를 부여할 만큼 서정적이지 못하다. 왜냐하면, 어린 시절에 뜸부기를 보고 자란 적이 없기 때문이다. 뜸부기에 관해 아는 거라곤 지금은 아무도 부르지 않는 동요 「오빠 생각」의 구절 "뜸북뜸북 뜸북새 논에서 울고…"라는 구절이 전부다. 즉, 나는 뜸부기를 잃어버린 적이 없다. 뜸부기를 잃어버리고 다시 되찾으려 해도, 언젠가 뜸부기를 만났거나 보았던 적이 있는 사람에게만 가능한 행운 혹은 저주일 것이다.

소략하게 소개한 이 두 장면이야말로 박희영 시인이 누구인지, 그가 왜 시를 쓰는 것인지, 이 시집은 왜 이 세상에 나오게 되는 것인지, 이 시들은 어떻게 쓰여지는지 (작법까지) 알게 해 주는 농밀한 정보들이 담겨 있는 장면이라고 생각한다. (다만 그 시들이 왜 지금 이때 세상에 나오는지는 모르겠다. 하기야, 아이가 왜 열 달 만에 세상에 나오는지 내가 어찌 알겠는가! 그냥 세상 이치가 그런 것이다.)

#2. 잃어버린 시간들

언제였는지 기억조차 가물가물한 일인데, 이 땅의 중학생들을 대상으로 서른 개의 직업 리스트를 주고 "없어져도 괜찮다고 생각하는 직업을 순서대로 써 보라"는 설문 조사의 결과를 읽어보았던 적이 있다. 그중에 학생들이 없어져도 괜찮다고 대답한 직업군의 1등이 바로 '시인'이었다. 시인이 전문 직업으로서의 지위를 잃은 지가 언제인데 대체 어쩌자고 시체에 칼을 꽂는 그런 설문 조사를 했는지는 모르겠지만, 아마 지금 조사를 해도 그 결과는 마찬가지이리라.[2)]

2) 시란 즉각적인 의미 전달에 저항하고, 언어에 오래 머물게 만들어 그 뜻과 깊이를 더 웅숭깊게 하는 일종의 아나그램(ana-gram)인데, 그런

젊은 사람들은 대체로, 예나 지금이나 시가 무엇을 하는지 관심이 없으며, 국어 교과서에 이따금씩 실려서 골치나 아프게 만드는, 곰팡내 나는 알기 어려운 구절들의 집합체일 뿐일 것이다. 게다가 직접 말하면 될 일을 왜 굳이 알아듣기 힘들게 빙빙 돌려서 말하는지 이유를 모르겠다고 할 것이며, 나지막하게 읊조리는 시인의 감성에 공감조차 하기 어려운 그런 언어 덩어리들일 뿐일 것이리라. 더구나 스마트폰과 SNS(특히 인스타그램)가 횡행하는 이 시대라면 두말하기도 입이 아플 지경이다.

그들이 잘못된 것은 물론 아니다. 지금은 시가 큰 쓸모가 없는 시대가 되어버린 것이다. 적어도 젊은 그들, 더 나아가 시대적 감성을 따르기에 급급한 이들에게는 그렇다. 그들의 생활과 삶 속에서는 시적 정서와 감성이 필요 없으며, 단언컨대

것이 필요 없는 시대가 된 것이다. 어쩌면 시와 시 창작은 다소간 시대착오적(ana-chronism)일지도 모른다. 시대의 트렌드에 비추어 본다면 말이다. 하지만 만일 시에 의미가 있을 수 있다면, 그것이 반시대적이기 때문이 아닐까 라는 생각도 하게 된다. 아무튼 시가 우리 시대의 주종(主宗)이 아니라는 것을 부정하는 사람이 혹시 아직도 남아 있다면, 그런 사람하고는 말을 섞지 않는 편(돔황챠!)이 현명하리라. 그것이 자기기만이든 현실 몰각이든 간에 말이다. 따라서 이 시집의 시편들이 이 시대의 모든 이들에게 매우 중요한 언설이라고 생각하지는 말자. 시란, 무릇 예술이란 결국은 자기 구원에 이르게 하는 것이며, 이것이 이루어진 다음에라야 다른 사람에게도 겨우 의미 있어질 수도 있는 그런 예술 장르일 것이기 때문이다. 시란 무릇 읽는 자에게 도착하기 전에 시 스스로 자족적으로 완성되는 법이고 그것의 1차 수신자는 창작자인 시인 자신이다.

젊은 사람일수록 더 그럴 것이다.[3] 그렇다면 박희영 시인의 시들은 그들에게는 필요가 없을지도 모른다. 왜냐하면 금번 박희영 시작의 핵심은 '그리움'이기 때문이다.[4]

박희영의 이번 시 작품들은 바로 그리움이라는 정서적 핵을 전자의 속도로 회전하며 어느 순간 방출되는 언어적 입자들이라는 것이 필자의 생각이다. 달리 말해 박희영 시작품들의 출발점이자 반환점, 그리고 귀소歸巢는 '그리움'이다.(「그리움의 방정식」을 보라.) 그리고 덧붙일 필요가 없는 말이겠지만, 필자의 생각에 그렇다는 말이다. "가슴에 창문을 닫고 기다리기엔 / 그리움이 너무 뜨겁다."(「창안에 창」) "아 슬픈 그리움이여/ 산이 무너진 것은/ 비가 오기 때문이 아니라/ 제 그리움을 잃

---

3) 젊을수록, 나이가 어릴수록 그리움이 발생하기가 쉽지 않다. 상대적으로 잃어버린 것이 없겠기 때문이다. 잃어버린 것이 있어야 그리워할 것도 있을 것이 아니겠는가. 하지만 괜.찮.다. 그들도 지금 뭔가를 열심히 잃어버리고 있는 중일 것이며, 언젠가 시간이 더 흐른다면 그들도 자신이 잃어버린 것들이 있다는 것도 알게 될 것이고, 그들 중 몇몇은 잃어버린 것을 그리워하거나 심지어는 찾으러 나서기까지 할 것이다. "함부로 쏜 화살을 찾으러 풀섶 이슬에 함초롬 휘적시"면서 말이다.

4) 이 시집의 키워드는 단연 '그리움'일 것이다. 그리움이라는 어휘의 출현 빈도도 그렇거니와, 그리움을 주제로 한 작품들도 많으며, 그리움을 불러일으키는 오브제들도 자주 출몰한다. 그런데 '그리움'이란 결국 지금-여기(hic et nunc) 없다는 것과 동의어이며, 여기 없음에 대한 상황 인식을 기반으로 하고, 더 나아가 지금-여기 없는 것을 기억하겠다는 윤리를 고수해야 나타날 수 있는 고급한 감정이다. 그리움이 발생하기 위한 조건들은 1) 상실, 잃어버린 것이 있어야 한다. 2) 잃어버린 것들을 '인식'할 수 있어야 한다. 3) 잃어버린 것을 '기억'할 수 있어야 한다 등등. 앞으로 이런 순서에 따라 이 해설을 전개할 것이니, 잘 '기억'해 주시면 좋겠다.

어버려서다."(「FTA」) "지금도 밤마다 모깃불 피어오를까/ 텔레비전이 있던 그 집 마루엔/ 밤마다 마실꾼들이 찾아들고 있을까/ 에고 오늘은 잠 못 들겠네."(「아직도 그 과수원에」) 등등.

y=f(x)
여기에 빠져 버린 거다
바다를 향해 철길을 달려가고
당신은 나비처럼 나를 따라오는 줄 알았는데
아득하니 아지랑이로 피어오르는 거다

…(중략)…

그리움은 점들의 집합
푸른 광장은 수평선에서 마침표를 찍고
무한의 변수에 애닳게 눈 젖어
돌아가지 못하는 그리움의 교점

—「그리움의 방정식」 부분

따라서 이 시집에서는 지금은 기억 속에 희미해진 단어들이 자주 등장한다. 이를테면 '들판'(「단 한 걸음」, 「가을걷이 끝난 들판에 서서」, 「소똥구리」, 「사마귀」), '꽃반지'(「햇살이 간지럽다」) '달'(「아이가 운다」, 「산사의 가을」, 「칠월의 달」, 「선유정」, 「해오름의 노래」), '연애편지'(「연애편지」), '과수원'(「아직도 그 과수원에」), '안개'(「안개」, 「가을 소리」, 「기도는 낙엽처럼」), '장항선'(「오래된 정거장」, 「동창생」) '동네 이발소'(「이발소」) 같은 어휘군들이다. 이런 지나간 시간대의 추억을 떠올리게 만드는 단어가 시의 배경이나 시적 모티프가 되는 시들이 많다.[5] 이 고현古顯의 사물들이야말로 박희영 시의 풍경을 이루는 사물들이며, 시인이 현실에서 부딪친 기억을 강요하는 사물들, 시를 빚어내게 만드는 원리들이다. 거기에 담긴 시간의 비밀들 말이다.

#3. 그리움의 계보

5) 혹시 '달'이나 '과수원' '장항선'이 왜 "현재성"(presentness)이 없느냐고 따지고 드는 사람이 있을까 봐 췌언을 덧붙이는 바, 그런 사물들이 설혹 존재하고 있을지라도 우리 일상과 동떨어졌다는 면에서, 과거에 비해서 그것이 우리 의식에서 차지하던 비중이 현저히 줄어들었다는 점에서 '지금 없는 것'(사라져 버리는 것)이라는 의미임을 명지해 주기 바란다. 오늘날에도 '과수원'이 있기는 하겠지만 "동구밖 과수원 길 아카시아 꽃이 활짝 피었네"와 같은 시대의 과수원은 우리 곁에 없다.(과일은 대체로 수입해서 먹는다. 그 편이 '경제적'이다. 부정할 수 없이, 한국은 현재 농업국가가 아니다.) '장항선'이 오늘날 아직도 하루에 몇 번씩 용산과 익산을 오가더라도 KTX와 SRT가 종횡무진하는 세상에서 장항선을 타고 '대천 해수욕장'에 피서가던 시절의 장항선이 아니란 뜻임을 이해해 주시길 바란다. '전깃불'이 없던 시대에 시골에서나 밤이 되면 달이 보이는 법이지, 지금 도시에서는 달이 있어도 발견하기는 어렵다. 달은 추석 때나 TV 뉴스에 등장하는 분위기용 소품이 된지도 이미 오래다.

그렇다면 '그리움'이란 다소 흔한 감정적 사태를 천천히 추적해 보도록 하자. 먼저 그리움이란, 그리움이 발생하려면 무언가를 잃어버려야만 가능한 정서이다. 그리움의 첫 번째 조건은 '상실'이다. 그렇다면 무엇을 잃어버리는 것일까? 우리가 잃어버리는 것의 총체는 단연코 '시간'이다. 사람을 잃고, 사랑을 잃고, 돈도 잃지만, 가만히 생각해 보면 알게 된다. 결국 우리는 모두 시간을 잃어버린다. 따라서 시간을 잃어 버리려면 어느 정도 인생을 살아봐야 한다. 우리가 잃어버린 시간들, 의미를 알 수 없었던 시간들, 기억 속에만 남아 있는 풍경들, 사람들… '시간의 상실'처럼 풍부한 문학적 감성의 재료가 어디 있겠는가. 물론 이것은 조건일 뿐 잃어버렸다고 모두가 그리워하지는 않는다. 첫 번째 조건인 '상실'이 '경험들'이라면, 두 번째 조건은 이런 사태를 부재로 '인식'(로고스)해 낼 수 있어야 하고, 세 번째는 그것을 '그리워할 줄 아는' 감성적 지각(파토스)이 있어야 하며, 마지막으로 그것을 그리워하겠다는 '의지'(에토스)가 있어야 한다.

그리움의 사태에 인식과 로고스가 개입한다는 것은 '기억'의 문제가 개입해 있기 때문이다. 있었던 것, 지금은 없는 것을 인식하려면 먼저 기억을 하고 있어야(해낼 수 있어야) 한다. 자발적 기억이든, 비자발적 기억(le mémoire involontaire)이든 기억을 해야만 그리워할 수도 있다. 말 바꿈 하자면, 두 가지 사태와 상황을 연결할 수 있어야 한다. 따라서 세 개의 항이

발생한다. 과거의 사물이나 사태, 현재의 상황과 사태, 그리고 둘 사이의 차이. 쉬워 보이지만, 매우 고급한 두뇌 회로의 사고 과정이다. 위험을 무릅쓰고 과장을 좀 하자면 인간에게만 허락된 고급한 두뇌 작용이다.[6)]

뿐만 아니라 이 그리움의 감정에 철학적인 의장衣章을 덧입혀 보자면 좀 더 심각하고 고급해진다. 가끔 어린아이나 청소년기 아이임에도 그리움을 느끼는 존재자들이 있는데 잃어버린 것들도 적은 존재자들이 왜 그리움을 느낄까? 그것은 그것이 인간 존재의 본향에 대한 '상기'(플라톤) 때문이라는 '썰'도 있다. 따라서 그리움은 존재의 고향에 대한 그리움으로 생각해 볼 수 있게 된다. 그렇다면 박희영 시인의 시에서 그리움의 대상은 단순히 현실계의 어떤 특정 대상만이 아니며 궁극적으로 영혼의 본향에 대한 그리움으로 생각할 수도 있는 것이다.

---

6) 언어논리철학자 비트겐슈타인의 "개는 후회하지 않는다"라는 명제를 생각해 보자. 개처럼 지능이 높고 급속히 인간화되어 가고 있는 동물은 두 가지 상태의 차이를 인지하기는 하지만 그리워하지는 않는다. 필자가 비유적인 의미에서 댕댕이처럼(댕댕이만도 못하게 아브젝시옹으로) 살아보긴 했지만, 실제적으로 개가 되어 보지는 못했으므로 개에게 그리움이 없다고 단언하기는 어렵고 설득력도 없을 것이긴 하다. 게다가 동물인지학에 대해서도 전혀 모른다. 하지만 오랜 시간 개를 관찰해 보았음에도 개가 지난 시간들을 그리워하는 것 같지는 않아 보였다. 고착적인 행동을 보여주는 (아픈) 개들은 있는 것으로 알고 있는데, 인간의 그리움과 개의 고착 행동을 같은 차원의 것이라고 주장한다면 뭐 딱히 반론하고 싶지는 않다. 게다가 설혹 개가 되어 보았다 해도 모든 개가 그런지 장담할 수 없는 법이기도 하다. 그리움 따위를 모르거나 괘념치 않고 사는, 행복한 사람들이 꽤 있듯이 말이다.

이런 자리에서 철학을 운운하고 싶지는 않지만, 이 '그리움=향수'는 육체와 현실계에 묶여 있는 우리의 영혼이 근원적으로 갈망하는 그리움이고, 칼 포퍼가 그토록 욕하는 플라톤에 따르면, 우리가 사는 이 세계의 모든 것은 '참된 존재'도 아니고 한갓 이데아 세계의 그림자에 불과하다. 그렇다면 육체라는 지상의 캄캄한 감옥(progion oscura)에 갇혀 덧없고 무상한 세계에 머물러야 하는 영혼-존재가 자신의 존재에 대해 깊은 슬픔을 느끼고, 자신의 본향을 끊임없이 그리워하는 것이라고 그리움의 본질-사태를 해명한 바 있다.

바로 이러한 그리움(즉 없는 것에 대한 사랑)을 플라톤은 그의 대화록 『향연(Symposium)』에서 '에로스Eros'라고 규정했다. (그래서 이 시집을 진짜 심각하게 살피려면 '에로스'에 주목해야 한다. 하지만 오늘 이 자리에서 그렇게 하고 싶지는 않다.) 『향연』에 보면, 에로스는 미의 여신 아프로디테의 생일 축하연을 계기로 풍요의 신 포로스Poros와 결핍의 신 페니아Penia가 만나 그 사이에서 태어났다고 전해진다. 때문에 에로스는 어머니의 결핍을 닮아 진, 선, 미 모든 것에서 가난하고 결핍된 자이다. 하지만 그는 아버지를 닮아 이 모든 것에 대한 풍요를 언제나 그리워하면서 그것을 이루려는 중간자이다. 그래서 언제나 최고의 것(sumnum bonum)에 대한 영원한 동경과 열병적 연모를 그 본성으로 한다. 따라서 우리는 풍요(있었던 것)와 결핍(지금은 없는 것)의 양가적 운동을 과거와 현재 사이를 오가는 시적

화자의 정서적 운동으로 이해해 볼 수 있다. 그리고 이 상실과 차이를 경험하고 인식해 내는 자에게 나타나는 논리적 귀결은 (심리적 · 정서적) 고통이다. 이 고통이야말로 시인이란 직업을 사람들이 존경하면서도 싫어하고, 없어져도 무방하다고 진단하는 이유 중 하나일 것이다. 그리고 시인을 천형天刑이라고 부르기도 했던 이유이다.

지금은 없는 이 '공백'(혹은 '흔적')과의 마주침, 이 '있지-않음'에 대한 지각에서 느껴지는 파토스(겪음)가 박희영 시집에서는 '바람'으로 나타난다. 어디서 불어와서 어디로 가는지 알 수 없는, 그러나 분명한 현존을 느끼게 하는 이 수수께끼 같은 '바람'이라는 시적 오브제가 필자에게는 그렇게 읽힌다.7)

#4. 시 쓰기, 애도의 방정식.

그리고 마지막으로 그리움의 운동자는 지금은 없는 것들에

---

7) 박희영 시집을 원형 상징적으로 읽어보는 일도 의미 있을 것이다. 이 시집 속에는 고대 그리스에서부터 우주의 근본 요소로 분류된 4원소(地水火風) 가운데, 3요소 흙(「배추 심는 날」, 「신발 한 짝」, 「소똥구리」), 물(「고로쇠의 눈물」, 「바다를 두고」, 「어머니 같은 강물」), 바람(「바람난 소리」, 「봄바람」, 「봄 그리운 바람」, 「바람의 노래」, 「스케일링」, 「바다를 두고」, 「가난한 하루」, 「첫눈」, 「어머니」, 「가을산」, 「안개」, 「산사의 가을」)이 라이트 모티프를 이룬다. 그 외에 나무(「포도나무 껍질」, 「정자나무」, 「부적의 우상」, 「단 한 걸음」, 「못된 나무 오래 살기」)가 다채롭게 변주되는 것도 주목해 볼 만하다.

대한 태도를 결정해야만 한다. 시인은 여기서 '기억하기'를 고집한다. 그것은 하나의 태도이고, 없어진 것들을 기억하겠다는 의지를 시적으로 실천하고 있기 때문에 하나의 윤리적 태도라고까지 보아야 한다. 그것이 설혹 자신에게 고통을 주는 요인이라는 것을 알고 있음에도 불구하고 고집하고 있기 때문이다. 시인이 이런 자의식을 갖고 있다는 것은 「변기에 앉아」에서 확실하게 드러난다. "변기를 쓰고부터 버린 것들에 대한 연민이 사라졌다"고 반성하면서 시작하는 이 시는 "이놈들아! 기억은 버려지는 것이 아니고 정리되지 못한 것이다"라는 일갈에까지 이른다. 기억은 차마 버리지 못하고 정리되지 못한 것이다 라는 말은 애도의 딜레마를 보여주고 있다. 완전히 정리되면 그것은 추억이고 아름답게 포장되어 납골당에 모셔진 기억이다. 그리고 가끔씩 꺼내어 어루만져 볼 수 있는(玩賞할 수 있는) 기억이다. 하지만 차마 정리될 수도 없는 상태로 괴롭히는 기억 그것이야말로 진정한 애도의 조건인바 그것은 현재를 고통스럽게 만들지만 잊지 못한다는 의미의 진정한 기억(애도)이다. "버려야 할 것들을 버리지 못하는 내 마음의 한구석 변기는 수리 중이다."(「변기에 앉아」)

대다수 많은 사람들은 마음속에 현전하는 그리움이라는 정서를 어떻게 처리(?)하고 있을까? 술 한잔에 시름을 달래기도 하고, 친구와 만나서 그리움을 수다로 털어내기도 하고, 아무도 들어주지 않는 노래를 노래방에서 악을 써가며 감정적 해

소를 하기도 하는 것으로 관찰된다. 그리움이란 감정은 현실적으로 아무런 도움도 되지 않으므로 애당초 찾아오지 못하도록 금줄 방지책(「못된 나무 오래 살기」)을 구사하기도 하고, 설혹 그런 게 온다 해도 먼지 털 듯이 털어버리거나 그도 아니면 샤워하듯이 씻어내 버린다. 그러면 다시 행복해질 수 있다. 하지만 시인은 그렇지 못하다. 동창생들과 만나 옛이야기로 웃음꽃을 피우며 집으로 내려오는 길, 어느 시골 역 즈음에서 웃음은 눈물로 변한다.

> 영등포역 건너편 한일다방 2층엔 동창생들이 모였다.
> 오랜만이라고 내민 손이 두툼하다.
> 허리 굵은 우리의 고향.
> 희끗한 머리카락이 보이고 등을 돌릴 때까지
> 그 사이에 고향이 있어 부둥켜안으면 아카시아 냄새가 난다.
> 옛이야기에 눈물이 나도록 웃었다
> 남포행 장항선 뒤로 따라온 웃음이 신례원역에서 자꾸만 운다.
>
> —「동창생」 전문

이쯤에서 다음과 같은 구절을 떠올려 보자. "첫사랑 그 소녀는 어디에서 나처럼 늙어갈까 가버린 세월이 서글퍼지는 슬픈 뱃고동 소릴 들어보렴." 혹은 "세월이 가면 가슴이 터질 듯한 그리운 마음이야 잊는다 해도…"라는 구절이 있다. 주지하다시피 「낭만에 대하여」라는 노래와 「세월이 가면」이라는 노래의 구절이다. 정서적 모티프가 같으므로 이런 가요들의 가사들도 시와 같은 것일까? 뭐 그럴 수도 있겠다. 오늘날 교과서에 실려 있는 고려가요도 그 시대의 대중가요였었고, 『춘향전』을 위시한 고전(?) 소설들도 항간에 떠도는 요즘 인기 드라마였을 뿐이라고 주장하는 것이 대세인 시대다.

하지만 다른 점이 있긴 하다. 첫째는 그것을 시라는 운율과 리듬이 있는 양식으로 표현하기로 했다는 점이고, 그를 위해서 언어라는 장치를 사용하기로 했다는 점이다. 대중가요도 언어적 양식이며 리듬은 더 있는데도 말인가? 그렇다. 앞에서 언급했듯 시라는 언어형식이 이미 고색창연한 시대착오적 양식이라는 점에서 의미가 있다. 시는 대중가요와 달리 언어적 탐구 형식이라는 점에 주목해야 한다. 그것은 일종의 알아들을 수 없는 언어이다. 지금은 사용하지 않아, 피곤한 의미 해독을 요구하는 고대의 상형문자처럼 그 깊고 오묘한, 개인적인 감성의 주관적 우물에서 시작하지만, 모두가 사용하는 공동우물이기도 한 그 언어의 우물에서 물을 긷듯이 말이다. "사람들이 쏟아 놓은 말들이 다 물이 되는 것이 아니기에 가을 맑은 날에 우물을 파고 금빛 두레박을 건다."(「언어의 공동 우물」) 그 시적 언어들은 마치 휘파람 소리와 같아서 곡조는 알 수 있지만 무슨 언어인지 알아들을 수 없는 것과 같다. 설혹 곡조와

가사가 있는 노래라 하더라도 그 구슬픈 휘파람 소리를 부르는 사람의 깊은 내면에 가닿기는 매우 어려운 것처럼 말이다. "말하지 않아도 가슴에 다가설 수 있는 휘파람 한번 제대로 불어 볼 수만 있다면."(「흐린 날의 휘파람」)

사라져 버린 것들을 기억하고(고통의 겪음=파토스) 언어적 양식으로 표현(「글」)하기로 고집하는 것(애도의 윤리)이야말로 박희영 시인의 시 작업이 가지는 의미가 아닐까, 그렇게 생각한다. 그것을 '기억'하고 '추억'하며 현재로 살아내면서 그 '공백'을 노래하겠다는 의지에서 시인의 에토스가 얻어지며 여기서 비로소 시인의 개성과 정체성이 얻어진다. 이즈음에서 "모든 죽어가는 것을 사랑해야지"라면서 "나에게 주어진 길을 걸어가야겠다"(의지와 고집을 숙명으로 받아들임)라고 노래했던 시인과 박희영 시인이 같은 영주권의 소유자임이 확인된다. 하지만 크게 걱정할 필요는 없다. 시인도 이미 알고 있다. "세월이 가고 무엇이든 찌꺼기로 남을 것인데."(「찌꺼기」)라는 것을.[8) ▨

---

8) 끝까지 읽으려면 상당한 시간을 잃어버려야만 가능한, 마르셀 프루스트의 『잃어버린 시간을 찾아서』라는 책의 말미에 이르면 프루스트가 '되찾은 시간'에 대해 아름답게 묘사한, 믿기 어려운 '되찾은 시간들'의 비의에 대해 서술하는 장면들이 펼쳐진다. 조심스럽긴 하지만, 박희영 시인이 '잃어버린 시간을 되찾는 일'에 도달할 수 있기를 기대해 보는 것은 어떨까? 기대만 하고 무언가를 걸지 않는 일에는 비용이 전혀 발생하지 않으므로 그렇게 기대해 봐도 좋지 않을까 라는 생각을 해보며 글을 마친다.

| **박희영** |

충북 음성에서 출생했다. 예덕여고, 예산고등학교 교사를 역임했다. 1998년 『지구문학』을 통해 작품활동을 시작했다. 한국문인협회 예산지부장을 지냈다.

이메일 : kkii8198@naver.com

현대시 기획선 103

그리움의 방정식

초판 인쇄 · 2024년 5월 31일
초판 발행 · 2024년 6월 5일
지은이 · 박희영
펴낸이 · 이선희
펴낸곳 · 한국문연
서울 서대문구 증가로29길 12-27, 101호
출판등록 1988년 3월 3일 제3-188호
편집실 | 서울 서대문구 증가로31길 39, 202호
대표전화 302-2717 | 팩스 · 6442-6053
디지털 현대시 www.koreapoem.co.kr
이메일 koreapoem@hanmail.net

ISBN 978-89-6104-355-7 03810

값 12,000원